SIMPLE

SILHOUETTE.

SIMPLE

SILHOUETTE,

Par M. ***

PÉRIGUEUX,

IMPRIMERIE FAURE ET RASTOUIL,

—

1848.

SIMPLE

SILHOUETTE.

—

Il y a, dans notre génération politique actuelle, je ne sais quel malaise sourd que chacun signale. En
rechercher la cause, indiquer quel
en sera le remède, c'est ce que je me
propose d'examiner.

Il me semble, en premier lieu,
que la position de la France vis-à-
vis de l'Europe n'est pas *tout-à-fait*

ce qu'elle devrait être. Sa dignité, comme nation, me paraît compromise. Elle en est la victime, non la complice. Le chaud patriotisme qui la fit autrefois si grande, réchauffe encore ses entrailles. Si j'avais à constater pourquoi l'on méprise sa parole, pourquoi son glaive n'est plus redouté, je n'en accuserais ni la valeur contenue de ses enfans, ni la dégradation apparente de leur civisme. J'en appellerais, comme responsable, au système qui nous régit depuis dix-sept ans.

En effet, la politique qu'il nous

impose manque à la fois de pru-
dence et de grandeur. Au lieu de
reculer le territoire national jusqu'à
ses limites naturelles, il accepta,
sans contrôle, le traité de Vienne.
Au lieu de tendre une main frater-
nelle et protectrice aux peuples qui
se soulevaient à l'exemple de la
France, il s'est déclaré contre les
peuples liberticidement à la suite
des potentats de l'Europe.

A-t-il voulu, par cette politique,
implorer le pardon du principe ré-
générateur qui fait notre gloire et
notre puissance? S'il l'a voulu, chose

patente et impie, le passé a démon-
tré, le présent constate douloureu-
sement son erreur.

A l'intérieur, du moins, y a-t-il
compensation? La somme de bien-
être matériel dont nous jouissons
doit-elle nous rendre fort coulans
sur notre infériorité momentanée
comme peuple?

Faire cette question, c'est deman-
der s'il nous reste encore l'espérance
de nos réformations promises. Com-
prenez combien est ici saisissant le
dédain où on les parque! Voyez la

presse paralysée dans la manifesta-
tion libre de la pensée. Voyez l'ins-
titution du jury, si fertile en pro-
messes à son origine, si infirmée
maintenant. Voyez enfin l'aristocra-
tie du cens partout souveraine et
partout triomphante.

La chambre des pairs mérite-t-
elle un regard? Chacun sait sa valeur. Tribunal sans appel et d'excep-
tion, elle montra toujours contre
ses justiciables l'inflexibilité d'un
principe. Comme corps politique,
— je veux être impartial, — qu'est-
elle? Rien. Pulmonique et usée,

2.

tout souffle qui émane d'elle ressemble à un râle.

La chambre des députés.... arrêtons-nous ici un moment. Son pouvoir est vaste autant qu'honorable sa mission. Que la nation, pourtant, doive proclamer bien haut son indépendance, nul n'oserait l'avancer.

Il entre dans ses attributs de voter l'impôt : sait-elle en faire une division loyale et rationnelle? Consultez les listes censitaires, comparez la hiérarchie des fortunes, vous verrez qu'il ne tombe pas, dans une proportion logique, sur le corps social. L'impôt s'appesantit trop lourd sur les ressources du pauvre, trop léger sur celles du riche; souvent même il est inique. Alors qu'il s'agit de l'impôt du sel, par exemple, on ne saurait le qualifier autrement.

Mais là ne se borne pas son pouvoir : elle concourt encore à la confection des lois; elle y contribue même pour une part fort importante. Quand le ministère propose une loi, c'est à la chambre des députés qu'il appartient d'abord de l'examiner. Politique, une agitation inaccoutumée se fait aussitôt remarquer sur les bancs quelquefois déserts du Palais-Bourbon. Pourquoi? Est-ce parce qu'il s'agit d'un intérêt de principe? Ne le croyez pas. Ce ne sont point des hommes convaincus, marchant au même but et se préoccupant d'un même et national intérêt; ce sont de petits ambitieux se ménageant un petit crédit par de petites trahisons. Je constate quelques exceptions; mais pour la masse, c'est cela! En sera-t-il donc toujours ainsi? Le mal que je signale serait-il donc incurable? Dieu ne permet pas qu'on désespère; Dieu est le principe d'où tout bien émane; nous devons compter sur une constitution meilleure et prochaine.

L'administration, dans son état virtuel, n'est autre chose qu'un système d'exploitation combiné sur une grande échelle. La matière exploitable, c'est la nation. Y a-t-il un bénéfice social, l'administrateur en profitera; y a-t-il quelque charge onéreuse et desséchante, l'enfant du peuple servira de mulet. C'est une bête de somme, en effet, que l'enfant du peuple considéré dans ses

rapports avec les heureux du monde;
chacun le torture à l'envi. S'il est
victime d'un acte arbitraire, s'il gé-
mit sous le coup d'une oppression
quelconque, savez-vous qui lui fera
justice? L'administration. C'est à
l'administration même qu'il faut de-
mander justice de l'administration.
C'est un étrange abus! Quiconque a
un peu réfléchi sur l'esprit de corps
sentira facilement combien le mal
est ici vivace ou imminent.

Et ne croyez pas que l'administration nous offre solitairement un tel
caractère; il faut en dire autant de

la magistrature. Aussi bien n'est-elle plus une garantie; loin de là. Du jour où les causes politiques ne relevèrent plus du jury, c'est-à-dire du jour où le citoyen ne releva plus de ses égaux, la magistrature elle-même fut une sanglante oppression.

Un homme vient, qui proteste, les armes à la main, contre l'ordre de choses existant, parce qu'il le croit mauvais. Qu'on l'emprisonne, s'il succombe, rien de plus simple. Il importe à la société de se tenir en garde contre ses tentatives. Mais on ne saurait comprendre aussi aisé-

ment qu'il soit puni et jugé par
ceux-là même qu'il combattait. Sans
nier l'austérité de la magistrature,
il peut se trouver des Laubarde-
mont.

Parlerai-je de la police? Téné-
breuse et lâche en politique, elle est
bonne en soi, dans l'ordre civil.
Bonne, si la plupart de ses agens dai-
gnaient y mettre autant de cons-
cience et de scrupule que le com-
porte cette fonction importante !
Bonne, si la plupart n'étaient vomis
par le bagne en forme d'écume sur
la surface du pays !...

J'arrive, maintenant, à un point tout-à-fait capital : l'association des ouvriers. Notre législation s'y oppose. Pourquoi? Leur accorde-t-elle un droit au travail? Non. Jusqu'à ce jour, nos réformations diverses ne lui ont accordé qu'un droit de travail. Ce n'est point assez. Quand Dieu le jeta sur la terre, lui et ses compagnons d'infortune, la terre était occupée. Le travail est donc indispensable à l'ouvrier pour alimenter lui, sa femme et ses enfans. Il a donc au travail un droit natif et primordial. S'il en manque, c'est à la société qu'il appartient de lui en fournir. L'ordre ne saurait exister d'une manière absolue qu'avec cette base pour fondement. Tant qu'elle ne sera pas en vigueur, l'association des ouvriers sera légitime. N'ont-ils pas mission d'améliorer, s'il est possible, leur commun et cruel destin? Seraient-ils déshérités à ce point, par hasard, de ne pouvoir obéir à la première loi de l'homme, qui est de vivre?...

On invoque, comme justification de cette mesure, un intérêt politique. J'attache à cet intérêt toute l'importance qu'il mérite. En vé-

rité, je vous le dis, quand vous pro-
clamez dangereuse l'association des
ouvriers, vous vous drapez insidieu-
sement d'un mensonge. Songez à le
secourir dans sa faim d'une façon
ardente et humanitaire, il ne son-
gera plus aux renversemens.

De semblables aberrations organi-
ques, pour se maintenir, n'avaient,
on le comprend, qu'un seul moyen ;
ce moyen était la force. Le système
a donc cherché à dompter l'armée ;
il a tenté d'en faire un instrument
aveugle et malléable à son gré ; il a
voulu que le Français armé fût sol-

dat, avec toutes les conséquences d'obéissance passive que ce mot entraîne. Attentat non-seulement liberticide, mais chargé de dangers; car ce qui constitue notre incontestable supériorité comme nation guerrière, c'est le caractère national du soldat. Otez-lui la liberté de penser, vous le plongez dans l'abrutissement; vous lui ôtez ce caractère national qui enfante le patriotisme, c'est-à-dire ce qui fait la force et la grandeur des peuples. Je ne sache rien au-delà de plus absurde ou de plus coupable. Tout homme, avant d'être soldat, ne doit-il pas être ci-

toyen? Tout homme, avant d'appar-
tenir au gouvernement, n'appar-
tient-il pas à la patrie?...

Je me résume.

Il est constant qu'il y a eu dans
l'armée tentative d'oppression; que
l'association des ouvriers, dans le
but pacifique d'améliorer leur sort,
se trouve frappée d'une interdiction
brutale et injuste; que la police
s'exerce par des moyens inavoua-
bles et honteux; qu'il y a dans la
magistrature et dans l'administration possibilité d'arbitraire, c'est-à-

dire, avec l'humaine perversité, cer-
titude d'arbitraire.

Enfin, et tandis que la députation,
par un vice organique souveraine-
ment déplorable, s'avilit dans l'in-
dividualisme, la chambre des pairs
ne manifeste son action que par le
glaive juridique, toujours impitoya-
ble en ses mains.

Donc, je vous dénonce l'impé-
rieux besoin de réformer ces grands
abus. Que ne sont-ils les seuls! Réforme! réforme! voilà le cri sau-
veur que nous devons faire enten-

dre ; c'est l'aspiration sainte des temps modernes. Malheur à la royauté qui ne comprendra pas ce besoin des peuples ! L'idée nouvelle s'est infiltrée dans la masse ; elle y grandit et se développe dans des proportions gigantesques. Semblable à une avalanche, elle brisera les tyrannies rebelles sous son action vengeresse. Résister à ce torrent serait insensé. Le moment est venu où les gouvernemens doivent se poser comme les inspirateurs chevaleresques du progrès. Il leur appartient de suivre le mouvement des esprits, de le guider, s'il est possible, maintenant qu'ils ne sauraient plus le dompter. Là, désormais, reposera leur salut.

En 1545, les réformes du Concile de Trente préservèrent l'Église d'un grand cataclisme; comme garantie contre les révolutions, nous n'avons que la réforme, à notre époque de fermentation morale et de malaise universel.

FIN.